O JOURN
OR
THE
SPIRIT

心灵的故乡

（下）

【英】马克·塔利　安德鲁·莫辛
亚历山大·麦考尔·史密斯　等著
【美】皮柯·耶尔
贾毓婷　苏姗　译

新世界出版社
NEW WORLD PRESS

图书在版编目（CIP）数据

心灵的故乡．下 /（英）塔利 (Tully,M.) 等著；贾毓婷，苏姗译．—北京：新世界出版社，2012.11

ISBN 978-7-5104-3263-7

I. ①心… II. ①塔… ②贾… ③苏… III. ①旅游指南－世界 IV. ① K919

中国版本图书馆 CIP 数据核字 (2012) 第 203936 号

北京版权保护中心外国图书合同登记号：01-2010-5845

100 Journeys for the Spirit

心灵的故乡（下）

策　　划：北京阳光博客文化艺术有限公司

作　　者：【英】马克·塔利（Mark Tully），【英】安德鲁·莫辛（Andrew Motion）
【英】亚历山大·麦考尔·史密斯（Alexander McCall Smith），【美】皮柯·耶尔（Pico Iyer）等著

译　　者：贾毓婷　苏　姗　　**责任编辑**：刘　媛　　**图片提供**：光影领域　　**责任印制**：李一鸣　刘社涛

出版发行：新世界出版社　　**社　　址**：北京西城区百万庄大街 24 号（100037）

发 行 部：（010）6899 5968　　（010）6899 8733（传真）

总 编 室：（010）6899 5424　　（010）6832 6679（传真）

http：//www.nwp.cn　　http：//www.newworld-press.com

版 权 部：+8610 6899 6306　　**版权部电子信箱**：frank@nwp.com.cn

经　　销：新华书店　　**印　　刷**：北京画中画印刷有限公司

开　　本：710mm × 1000mm 1/16　　**字　　数**：120 千字　　**印　　张**：10

版　　次：2012 年 11 月第 1 版　　**印　　次**：2012 年 11 月第 1 次印刷

书　　号：ISBN 978-7-5104-3263-7　　**定　　价**：38.00 元

目录

亚非篇

亚非篇 01

1. 中国，北京

天坛

站在天坛建筑群的面前，你会真切地看到人类在混乱的世界之中对秩序的渴求。将这一点体现得最好的就是祈年殿。它的结构完美对称，三层深蓝色的琉璃翘檐，每层都由华丽的浅蓝色鎏金浮雕分隔开来，攒尖顶上冠以镀金圆球。整座建筑蕴含着丰富的象征意义：殿内三层楠木巨柱环绕排列，支撑着象征蓝天的蓝瓦殿顶；中央四根龙柱，象征四季；中圈 12 根金柱，象征一年 12 个月；外层 12 根巨柱，象征一天 12 个时辰;整座建筑以圆形为主，象征天圆地方之“天”。

自称“天子”的中国古代帝王，每年冬至前夕都会庄严列队，来这里祈谷，并在旁边的缩小版祈年殿——皇穹宇内静思。第二天，皇帝会回到祈年殿，在坛内三层圆形大理石台——圜丘里祭天祈祷。整个祈谷活动都要没有任何障碍地、顺利地进行。在传统习俗上，如果皇帝稍有差错，就预示着国家来年不利。

在圜丘的设计中处处都体现着象征主义：圜丘分为上、中、下三层，各层栏板及台阶数目均用“九”的倍数——“九”不仅是“极阳数”，被视为最吉祥的数字，还包含“九五之尊”的意思。站在圜丘上层中央的圆心石上面说话，即便声音很小，听上去也十分洪亮。这是因为上层的石板地面平整光滑，声波能以极快的速度向四面八方传播，碰到周围的石栏后反射回来，与原声汇合在一起，使音量加倍。因此每当皇帝在这里祭天时，声音就显得格外洪亮，就如同上天神谕一般，再加上气氛庄严肃穆，这使得祭祀仪式更具神秘效果。

只要仔细思考这些建筑中所包含的设计意图，你就能理解人们对形式和传统的重视不仅仅是一种迷信，更是对天地万物的虔诚敬拜。

2. 中国，西藏

冈仁波齐山

这座白云缭绕的巨型尖峰高 21,778 英尺（约合 6,638 米），长期以来都被佛教、印度教、耆那教（译注：起源于古印度的一种古老宗教，主张灵魂解脱、业报轮回和非暴力等）和西藏原生宗教——苯教四个宗教的信徒同时认定为世界的中心。它屹立于西藏阿里地区，邻近中印边界，山峰陡峭，直插云霄，是登山爱好者和探险家们心目中最重要的未被征服之峰，至今还没有人能登上峰顶。

与这座山有关的宗教传说非常多，且说法不一。印度教徒认为它是神话中宇宙的中心——须弥山的原型，主神湿婆和妻子雪山女神就坐在峰顶上冥想；藏族人则将这里与莲花生大师联系起来，早在公元八世纪，是他将佛教密宗传入西藏；据苯教传说，他们的勇士那如本与佛教大师米拉日巴在此展开过一场著名的斗法；而耆那教徒则相信，这里是耆那教的创始人瑞斯哈巴那刹（Rishabhadeva）获得解脱的地方。

四个宗教的信徒会定期沿着转山道来朝圣（不走转山道而私自爬山者，被视作对神明不敬，会遭遇厄运甚至死亡）。转山道围山而建，长 32 英里（约合 51 公里）。按照传统，印度教徒与佛教徒都会顺时针走，而苯教教徒和耆那教徒却走相反的方向。有些朝圣者会一边行进一边磕长头，每磕一次向前移动一个身体的长度。如果用这种方式转山，则要经受至少四周时间的考验。

3. 中国，山东

泰山

在中国的中原地区，东、南、西、北方的四座圣山标志着中国古代的四大核心要地。但中国传统文化认为，核心要地除了常规的四个方向以外，还应该有第五个，即“宇宙的中心”，所以圣山不只有四座，而是五座。这第五座山，也是最中心的——就是泰山（古称“太山”，即“好大的山”）。

在三千多年的时间里，泰山一直是中国最神圣的名山和朝拜地，不管是帝王还是百姓，都喜欢来这里祭拜。人们认为泰山具有特殊的力量，是神仙的住所，更是稳重、力量、气势和永恒的象征，因而对它格外崇敬。西方人形容某个东西喜欢用“稳如磐石”，而中国人则会说“稳如泰山”。过去的几个世纪以来，共有 12 位皇帝先后到泰山祭祀或去山脚下的岱庙祈求繁荣昌盛。岱庙始建于汉朝，到宋朝时，宋真宗又依照帝王宫城的式样对其大加扩建。现在，岱庙与北京故宫、山东曲阜三孔、承德避暑山庄并称为中国四大古建筑群。

从山脚到山顶的朝拜之路上有许多圣

寺神殿，比如以千佛殿而驰名的灵岩寺。当然，有重大意义的不止寺庙、神殿和雕刻精美的纪念碑，还有许多令人惊叹的自然景观，如千年古树、渡仙桥、十八盘（一串沿着弯曲盘旋的山涧而建的险要石阶）等，就连沿途栏杆上所系着的代表吉祥的红丝带和无数铜锁都仿佛在诉说着这座山峰的神圣。

爬上七千多级（是全世界最长的石阶之一）曲曲折折的石阶后，就到达了泰山最高的寺庙——碧霞祠。从顶上向下望的感觉简直太震撼了！在这泰山之巅，人们很容易就会想象——如古往今来众多朝拜者们所体会的一样——自己到达了天庭，来到了玉皇大帝的宫殿前。

4. 印度，喜马偕尔邦

加诺哥和喜马偕尔邦庙宇

马克 · 塔利（Mark Tully）

在印度，喜马偕尔邦以“天神之地”著称，有两千多座寺庙可供天神居住。其中，昌巴石寺和别名“火焰口”（Mouth of Flame）的加瓦拉木希寺远近闻名，是热门的游览胜地。这里几乎每个村庄都有自己的小寺庙，每一座寺庙的设计都独一无二。

喜马偕尔邦的小寺庙很少有游人，只有一些艺术家、历史学家和学建筑的学生来此参观，如建筑师沙比尔 · 卡巴提（Shabbir Khambatty）和斯瓦普尼尔 · 波勒（Swapnil Bhole），他们帮我了解了大自然和喜马偕尔邦寺庙之间的联系，还答应与我分享他们未发表的研究和照片。这里的寺庙是由本地木材和石头建成的，不仅不显突兀，反而与周边环境非常协调。包围着寺庙的喜马偕尔圣山的山脊像海浪一样一波一波向外绵延，一直延到海拔最高、终年白雪盖顶的喜马拉雅山。这里的每个村庄都有自己的主神，每一个都与大自然密切相关。每逢四季交替时节，村民都要虔诚地祭拜他们的主神，祈求他保佑这些脆弱的山脉不受地震灾害。

要找到这些寺庙，你无须去离西姆拉（译注：Shinla，原英属印度的夏都，现在的喜马偕尔邦首府）很远的村庄。加诺哥村离西姆拉不到 25 英里（约合 40 公里），虽然只有 200 个居民，但也有自己的寺庙和主神。加诺哥寺高约 35 英尺（约合 10 米），位于村子的尽头，俯视着脚下几千英尺深的山谷。寺庙基底是一个石座，它承担起两间简陋木屋的全部重量。

其中较高的一间木屋是至圣所（sanctum sanctorum），即“神的家”，墙上装饰有雕刻精美的小木条，在微风中摇摆出轻柔的节奏。寺庙原先采用板岩斜顶，与周围灰绿色的山峦融为一体，可惜后来被换成皱铁皮的了。几个世纪以来，庙里的住持始终还在诵念着同样的祈祷词，举行着同样的仪式，把加诺哥村民和他们的神联系在一起。他们向神表达着对大山——他们的家园的敬畏。在村民心目中，神非常朴实近人，他们可以向他祈求保护，也可以在节日里开心地与他一起庆祝。

对我来说，喜马偕尔邦寺庙本身就象征着我在喜马拉雅山感受到的敬畏之情。远望层峦叠嶂，我有时会强烈地感觉到上帝的存在。那是一种很卑微的体验，因为我所感受到的上帝比自己伟大无数倍；同时那也是一种舒服的体验，因为我感到自己与上帝合二为一。在喜马拉雅山，我经常会想起杰拉尔德·曼利·霍普金斯(译注：Gerard Manley Hopkins，1844 ~ 1889年，英国维多利亚时期著名诗人）的诗《上帝的伟大》。他敬畏上帝的创造，并为我们对上帝的荣光所表现出的不敬感到震惊。他说：“一切都打上了交易的烙印；在劳苦中变得模糊，肮脏；带着人的污渍，还分享着人的气息。”但他相信无论我们做什么，大自然是“永不耗尽的”。为什么呢？诗人说：“因为圣灵正以温暖的胸膛和——啊，明亮的翅膀！孵育保护着扭曲的世界。”

基督教认为，圣灵是自然的守护神，是我在喜马拉雅山所感应到的上帝。住在这山里的村民都有自己的守护神，那就是他们自己寺庙中所供奉的神。

5. 印度，马哈拉施特拉邦

埃洛拉石窟

埃洛拉石窟开凿于公元600 ~ 1000年间。它位于印度西部奥兰加巴德（Aurangabad）西北不远处，由34座石窟组成，是印度半岛三大本土宗教——佛教、耆那教和印度教之间包容精神的恒久纪念。

许多所谓的“窟”其实还包括不少内庭，每一座内庭都由结实的岩石打凿而出。

在34座石窟中有12座佛教石窟，它们于公元七世纪早期雕刻而成，多为寺院（即毗诃罗窟，是供僧人居住和静修用的），其中有僧舍和灶房等，此外也有神龛和佛殿（即支提窟，是供僧人礼佛和讲经用的）。曾经住在这里的僧侣早已不在，但宁静的氛围仍然充斥在他们过去冥想、讲学和参禅的弃舍之中。第十窟为支提窟，是个安宁肃穆的地方，巨大的佛像静静坐着，俯瞰众生。在他的头顶，岩石被技艺精湛的工匠雕刻成木质房梁的样子，几乎能以假乱真。第六窟中有一尊漂亮的多罗菩萨佛像，她安详的脸庞散发着慈善的光辉。

耆那教石窟有五个，虽然规模较小，

但也有生动细致的雕像，如第 34 窟的芒果树下坐在狮子上的阿姆比卡女神。

印度教石窟有 17 个，以宏伟的凯拉萨神庙（第 16 窟）为中心。这是一座用来祭祀湿婆神的神庙，它始建于公元八世纪，是由七千多名劳力，前后耗时一百五十多年，在山麓上一整块巨大的天然花岗岩峭壁上凿空雕镂而成。其中精巧无比的门楼、宽阔的庭院、繁复华丽的神龛和高耸的佛塔，无不令人称奇。

此外，大大小小的雕像也让人忍不住赞叹，从体型庞大的石象，到精雕细刻的湿婆像、雪山女神像及其他众神像浮雕，无一不是连细节都栩栩如生。这些佛像最初都染着丰富的色彩（其中一些至今仍残留着斑驳的色块），而主塔涂着厚厚的白色，象征湿婆神的故乡——冈仁波齐山上圣洁的白雪。

6. 印度，拉贾斯坦邦

千柱神庙

在阿拉瓦利的深山之中，乌代布尔市和焦特布尔市之间，伫立着一座美丽的耆那教寺庙——千柱神庙。这座建于公元五世纪的寺庙完全由白色大理石雕刻而成，周围被苍翠树林环绕。庙的中央竖立着耆那教创始人的大理石雕像，雕像分别朝着四个不同的方向。人们从寺庙的四个入口进入，都可以看到他。堡垒般坚固的基石

拔地而起，将寺庙华丽的外墙、灰色大理石的屋顶和堂皇的尖塔高高托起。

在内部，架起穹顶的是1444根石柱，根根精雕、个个别致，无一重复。柔和的光线从不同角度照进来，投射到大理石上。随着太阳逐渐升空，庙内的颜色也由灰色变为金色。当僧人和朝拜者穿梭于石柱的

光影之间时，他们身上那橙黄色或赤红色的袍子更给这里增添了一抹亮色。

公元五世纪，一位名叫德哈纳的耆那教商人有个愿望——为阿迪那斯建一座宏伟的寺庙。阿迪那斯也叫瑞斯哈巴那刹，是耆那教的创始人，也是第一位启蒙圣人。商人拜见了国王拉纳卡伯并向他请求批准建造寺庙的土地，国王恩准了他，所以千柱神庙又名“拉纳克普”，以感激他的慷慨大方。

千柱神庙称得上是印度最为和谐的宗教圣地之一。这里游客如云，但根据耆那教“不杀生，非暴力”的教旨，游客进入寺庙时不能携带任何皮草，甚至不能穿皮鞋。走进千柱神庙，看着精美细腻的大理石石雕和认真念经的僧人，你在沉浸于虔诚氛围的同时，也必定会为众工匠精湛的技艺所折服。

7. 印度，新德里

巴哈伊莲花庙

巴哈伊教由伊朗贵族巴哈欧拉创建于19世纪，其基本教义可概括为“上帝唯一”“宗教同源”和“人类一体”。所以，当在伊朗出生的建筑师法里布兹·萨哈巴在上世纪80年代接受委托，为印度巴哈伊教设计一座新庙时，他力图让寺庙给人的感觉既独特又熟悉、既突出现代气息又能反映印度丰富的宗教文化底蕴。在设计中他唯一需要遵循的要求是：寺庙要有九面，这是由巴哈伊的传统决定的。在巴哈伊教中，“九”象征着完整，九角星是巴哈伊教的标志。

新庙的灵感来源于莲花，象征着创造、觉悟和纯净的灵魂。莲花庙位于一座风光秀美的园林之中，庙的底座有九个清水池环绕，这将寺庙烘托得如同优雅漂浮于水面上的巨大白莲，正在太阳下徐徐绽放一般。

新庙的内部是一个简单安静的大殿。缕缕阳光从27片大理石“花瓣”的缝隙中透过，洒在大殿中央。新庙欢迎一切有信仰和无信仰者，它本身的结构就证明了这一点：新庙共有九面，每一面都有一个入口，代表着对各种世界观的接纳。巴哈伊信徒认为，我们必须为自己来追寻真理

和上帝，而不是盲目地遵循其他人的教条和教派，所以他们不崇拜偶像、不需要教士、不设祭坛和讲坛，也没有规定的祭祀仪式或朝拜方式。在庙中，人们可以祷告一番，也可以庄严但不拘束地聚在一起诵读巴哈伊经文。

莲花庙是宗教功能与灵感设计的完美结合。它不是举行隆重仪式的场所，而是开放心灵和包容精神的大同之地。

8. 印度，阿姆利则

金庙

马克 · 塔利（Mark Tully）

阿姆利则对锡克教徒的意义就像耶路撒冷对基督教徒、麦加对穆斯林、瓦拉纳西对印度教徒一样，是他们最重要的朝圣之地，而金庙正是锡克教圣城阿姆利则的核心。

金庙最初由锡克教的第五任古鲁阿尔琼 · 德沃（Arjan Dev）建于15世纪，后两度被阿富汗入侵者破坏。17世纪阿富汗撤出阿姆利则后，金庙得以重建。到了18世纪，唯一一位锡克王朝国王兰吉特 · 辛格（Ranjit Singh）终于把金庙完善成了现在的样子。

比起世界上其他宗教的纪念建筑，金庙并不宏大。它占地只有40.5平方英尺（约合3.8平方米），却极其精巧华丽。金庙的第二、三层和顶上裸露的地方都铺满了镀金的铜叶片，让人感觉整座庙都是由金子打造而成。在看似托起金庙的“神池”的圣水映衬下，整个庙宇闪闪发光。寺庙以洋葱形圆顶装饰每个角，中央饰以镀金圆顶，象征一朵倒插于湖水中的莲花。

走过长长的栈道，朝拜者就来到了位于“神池”中心的金庙前。还未走进白墙中央的小门，赞美诗的吟唱声就传了出来，经由水面袅袅飘向远处。密密麻麻的朝拜者伏地拜倒，用身体向上帝臣服，而金庙一直以来也被锡克人尊称为“上帝之殿”。在环绕金庙的“神池”岸边，有的人在默默祈祷，有的人干脆跳入水中沐浴起来，而所有人最后都要沿着“神池”走上一圈。

锡克教最基本的信仰是众生平等，所以金庙有四个门，代表欢迎来自四面八方的、不同种族信仰的人们。锡克教诞生于15世纪末，与几乎同一时期诞生于欧洲的新教（16世纪初）有许多相似之处，二者的产生原因都是：宗教已经被仪式和迷信所禁锢，教士的势力太大，正教变得过于重要而遏制了灵性。建立锡克教的古鲁是老师，而不是教士，所以锡克教徒被授予的思想是：他们与上帝之间的交流不需要婆罗门（译注：古印度社会称祭司为婆罗门，他们掌握神和人的沟通渠道，因此占据着社会上最崇高的地位）的介入。锡克

教与新教革命的不同仅仅在于：新教认为圣者的引导是必要的，而最后一任锡克教古鲁告诉教徒他们所要学到的一切都包含在“圣典”之中。“圣典”即为古鲁，所以也被称为《古鲁·格兰特·沙希卜》(Guru Granth Sahib)。朝拜者进入金庙后，会在“圣典”前俯伏祭拜。每天早上，教徒都会用金轿把“圣典”抬至装饰精美的圣所中。

与印度其他喧闹混杂的朝拜神殿圣地不同，金庙非常安静有序。这里没有教士纠缠朝拜者或游客，也没有常与宗教旅游相伴的商业气息。这里充满崇敬的氛围，但却不是基督教堂中那般肃穆的崇敬。朝拜者和其他游客在通往金庙的栈桥上轻松地聊天，孩子们也不会受到禁止说话的警告。圣诗不断吟唱，圣典反复诵念。

这里没有定期的公众礼拜。事实上，除了进庙必须包头、赤脚以表示虔诚外，朝拜者没有任何其他义务。朝拜者全靠自觉向上帝靠拢，努力理解经文并感受神祇。这里的圣洁不是只有我一个人能感受到，凡是来到这里的人，都能从绵延不绝的吟诵之声、在水面上闪烁的金庙倒影和全天跪着擦地板的志愿者的奉献精神中感受到它的圣洁。所以，当1984年锡克教极端分子将金庙作为堡垒，引致印度军队为了清除他们而炮轰金庙时，我感到无比痛心。好在当年的剑拔弩张很快就过去了，这里很快又恢复了以往的宁静。

9. 印度，新德里

尼拉穆丁圣陵

马克 · 塔利（Mark Tully）

对我来说，不同信仰之间的仇恨是与他们的教义相冲突的，并会给那些吵着诋毁宗教的人提供“火药”。这也是我对 13 世纪南亚最受崇拜的苏非派圣人哈兹拉特 · 尼拉穆丁 · 欧里亚的圣陵（或称神庙）充满尊敬的原因。

苏非派是伊斯兰教的一个派别，倡导以苦行、禁欲等修行方式来实现内心的自我。如今仍有广泛影响的苏非派诗人鲁米说：“苏非主义是人类为重续以前断掉的认知所做出的努力。”那种认知与其他宗教的神秘派别有众多相似之处：他们都专注于感应上帝或是超自然体验，而不是一味强调信条和道德规范。所以，苏非代表的是各种信仰的共同之处，而非不同之处。

尼拉穆丁圣陵正是这种“合一性”的标志。在周边拥挤狭窄的小巷里，商贩们卖的是传统的穆斯林食物——在烤架上烤

出的羊肉串和热气腾腾的比尔亚尼饭（译注：biryani，一种用藏红花等众多香料调制的印度传统饭），还有在穆斯林圣殿朝拜的各种必需品——红玫瑰花瓣、祈祷帽、念珠、香等。除了穆斯林以外，印度教徒、锡克教徒和基督教徒也都会来圣陵朝拜。

在圣陵的围墙内，那些来祈祷哈兹拉特·尼拉穆丁·欧里亚保佑的人首先要在他最有名的弟子、诗人库施洛的墓前祭拜。尼拉穆丁本人的墓，在过去几个世纪里被数次翻修重建，现在是一座白色大理石结构的建筑，由带有黑色条纹的白色圆拱顶覆盖。

圣陵旁是一座始建于 13 世纪的红砂岩清真寺。它有三个比较扁平的圆顶，由镶嵌着花卉和阿拉伯铭文的大理石拱柱支撑起来的走廊围绕着寺庙的内庭。有特殊请求的人会在内庭墙壁的格子系上红绳，请求哈兹拉特·尼拉穆丁·欧里亚赐福他们或帮助他们实现愿望。在内庭，朝拜者向覆盖着陵墓的绿布洒红玫瑰花瓣，并亲吻围栏，穆斯林则会诵念第一版《古兰经》。除了穆斯林的斋月，每个周四晚上，不管你信仰什么宗教，或有没有宗教信仰，都可以来听一听几位歌者演唱的卡瓦力颂歌（译注：Qawwali，苏非派信徒独创的音乐形式，赞美真主安拉和这陵墓中的圣

人）。卡瓦力颂歌的热情和风格具有强烈的感染力，据说曾有一位伟大的苏非圣者在听到激动处欣喜得都昏迷过去了。

在清真寺后面，是20世纪苏非圣人、音乐家印纳雅·堪（Inayat Khan）的陵墓。他曾经说过：“无论是由基督还是由其他圣人传授的宗教，都旨在唤醒人们心中的感觉。”印纳雅·堪将自己创立的理论称为“普遍信仰”，这不是一种新的宗教，而是将不同的宗教结合在一起。因此对我而言，尼拉穆丁·欧里亚和印纳雅·堪的圣陵就意味着：我既可以是一名英国国教徒，同时也能成为普遍信仰的一分子。

10. 越南，广宁省

下龙湾

关于下龙湾的来历有种种传说：有人说这里的1600座石灰岩岛是由天降神龙为抗击入侵舰队而吐出的颗颗珍珠化成的；还有一种民间传说是神龙的长尾把大地撕裂，形成了盆地和缝隙，附近的海水又将这里填满，形成了下龙湾。在任何人看来，这湛蓝海水与覆满植物的鲜绿色石灰岩壁结合得恰到好处，确似天宫神仙的精品妙作。

这里的每座小岛或岩石都形态各异：有些就像动物世界，比如大象（Voi）、斗鸡（Ga Cho）、狗、龟和蛤蟆等；有些岛

内有湖；有些岛中心有绚丽的岩洞，如木头洞（Hang Dau Go）就以其活灵活现，形似鸟、兽、人的石钟乳和石笋而著称。还有贞女洞（Trinh Nu），据说一户贫苦人家无法还债，就将女儿抵押给一个富商，少女不肯向富商屈服，便被关押在这个孤岛小洞里，憔悴而终，最后化为石头。

据说在下龙湾的水下，至今仍有神龙盘踞，许多从未踏上过陆地的浮村居民每一次出海捕鱼之前，都要向这水下神灵供奉祭品。几个世纪以来，这种小型的祭祀仪式都在小岛上的岩洞里安静地进行，没有游人打扰。

11. 日本，京都

伏见稻荷大社

通往伏见稻荷大社的山径被几百个橙色的“鸟居”（译注：鸟居是一种类似于中国牌坊的日式建筑，常设于通向神社的大道上或神社周围的木栅栏处，主要用以区分神界与人类所居住的凡界）所遮蔽，密密麻麻地形成了一条长达数英里的隧道。这些木质“鸟居”都是由信徒捐赠的，它是日本最古老的宗教——神道教的标志，代表神域的入口。按照传统习俗，游客到了这里要洗手、漱口，注意自己的言行举止，以完成从凡界到神界的过渡。

伏见稻荷大社位于稻荷山之麓，是日本众多供奉稻荷神的神社中最重要的一座。稻荷神是日本神话中掌管丰收的神，他的化身有男有女，有时男女同体，是最受神道教信徒尊敬的神灵之一。

位于稻荷山脚下最底层的是神社的正门（romon）和本殿（Go-Honden），殿内有稻荷神的象征——镜子。绕到正门和本殿的后面，经过一段鸟居路，你就来到了山腰上的内殿（Oku miya）。在山顶上，则有上万个供私人祭拜的小丘（tsuka）。在整个神社的院内，你都可以看到稻荷神的使者——狐狸的雕塑，它们的造型通常是用爪子握着或用嘴叼着一把开谷仓的锁匙、一份卷起的商业契约或一捆稻子。

在为期三天的日本新年期间，会有几百万朝拜者涌到这里。人们在社内摆满稻米、米酒和其他供品来供奉狐狸信使，期望它们能代朝拜者向稻荷神美言求情。还有一种非常受欢迎的祭品叫做稻荷寿司，是一种卷着炸豆腐的寿司，它是公认的狐狸使者最爱吃的食物。

12. 斯里兰卡，西北省

阿然卡勒森林寺庙

迈克尔·翁达杰（Michael Ondaatje）

在阿然卡勒的入口处，有一条弯曲的沙路通向森林深处。每天早晨，僧人用两个小时清扫道路，拂去层层落叶；到了傍晚，落叶和枯枝又将道路盖住。但中午时分，黄色的沙路表面干净得如同一条清澈的小河。在这条沙路上行走，本身就是一种冥想。

这片森林如此安静，不用心就听不到任何声音。你要像在水中放滤网一样，仔细捕捉金莺和鹦鹉的鸣叫声。有人说，只有“那些心如止水的人，才能创造出这样的地方。在这里，一切激情都归于平静”。

随着前行的脚步，你会在林间发现一座古沐浴池，许多不知名的历史遗迹，还有一片像打谷场一样的空地。这里还有一座石庙，在突出的石台上立着一尊小小的佛像，一片大叶子为他遮光挡雨。站在高耸的树木之间，人犹如身在一口深深的绿井当中。稍一有风从树下吹过，树叶便沙沙作响，飘摇摆动。

历代的王公贵族都希望通过什么来证明他们的显赫与荣耀，但在12世纪晚期，无著大师和他的追随者们宁愿几十年隐居在阿然卡勒，不被世人所注意。在他们离世后，这座森林寺庙更加杳无人迹，道路铺满落叶，无人清扫，林间也再没有沐浴时传来的藏红花和楝树的香气。也许正因为如此，阿然卡勒的美才更加精妙。

在很长一段历史时期里，这里没有人烟，也没有宗教活动，甚至连鸟叫声都听不到，只有一两只蜜蜂在空中发出嗡嗡声。没有人知道有这样一座寺庙的存在。森林变成了荒林，留下的只有被虫吃鼠咬的破旧木坛，沐浴池里积满了几个世纪的花粉，又被密密麻麻的野生植物覆盖着，所以即便有过路者，也不知道这里隐藏着一个古老的池子。这里成了那些喜欢趁着夜色，在温暖的岩石上和无名植被上疾驰的小动物们的天堂。

直到四百多年以后，才又有僧人来这里的石庙中居住。12世纪的残井倒映着天空，井水中银光闪烁。

13. 津巴布韦，布拉瓦约

马托博山

亚历山大 · 麦考尔 · 史密斯（Alexander McCall Smith）

马托博山，旧称马托泊斯山，是非洲最具灵性的地点之一。只有最精妙的语言才能描述它脱俗的美，只有最极致的笔触才能抓住它的神韵。这片花岗岩山脉不能用高耸来形容——它没有特别高的山峰，也不能说雄伟；它既不野性，也不苍凉；它平静，却绝不驯服。能够描述它的，唯有“迷人”二字。

马托博山位于津巴布韦的第二大城市布拉瓦约以南，马塔贝莱兰国的旧都就建在这里。马塔贝莱兰国是由恩德贝勒族（译注：Ndebele，原南非祖鲁王国的一支，1838 年在酋长姆基利卡基的带领下，定居于津巴布韦西部及西南部一带）酋长姆基利卡基（Mizilikazi）所建，他死后就葬在马托博山的一个山洞中，但具体位置未作标记，许多年来鲜有人知。大约 20 年前，我寻找过负责保护墓穴的灵媒，我记得她叫爱丽丝，是一位和蔼可亲、彬彬有礼的女士。她带我穿过厚厚的灌木丛，来到了埋葬酋长的山洞口。在那里，她诵念了一段长长的恩德贝勒族颂诗——按照传统，这种颂诗是在祖鲁族和恩德贝勒族国王面前诵读的。向洞内窥去，我只能分辨出国王的牛车碎片，至于国王的遗体，是在洞中一个由石头砌成的地方单独存放的。站在这里，我不由得被它深深打动——这就是一位王国创建者最终休息的地方，而他辛苦建立起来的王国后来在反抗英国殖民者的那场悲壮而惨烈的战役中分崩离析了。

在大山深处，大自然把花岗岩一块块堆积起来，堆得那么不可思议。大块岩石上因布满青苔而显现出灰绿色，在晚霞中又呈鲜红色，从远处望去微微泛着蓝光，在清晨的阳光下又呈现出素净的白色。它们的宁静似乎压得过不绝于耳的蝉鸣声，甚至在雨季，当白色的雨帘伴随着电闪雷鸣倾泻下来时，花岗岩的山脉仍保持着它们的优雅和宁静。

对于恩德贝勒人来说，这片山脉是祖先灵魂的归宿。他们的信仰虽然已经被由西方传入的基督教所取代，但在许多人的生命深处，古老的信仰仍然在不知不觉中产生着影响。灵性与地点是密切相关的，这一点在马托博山最美的地点之一、被誉为“最迷人的心灵归宿”的马林迪兹穆（Malindidzimu）尤为如此。这里是恩德贝勒人的圣地，连塞西尔 · 罗兹（译注：Cecil John Rhodes，1853 ～ 1902 年，英国

政治家、商人，19 世纪末期，他替英国在津巴布韦建立起殖民地）也将这里选为自己的墓地。现代的游客尽管对这个国家的沉重历史不甚了解，但当他们站在山顶极目远眺，看着绵延不尽的山峰在充满激情的非洲大陆上延伸向远方时，无不感动陶醉。

14. 马里，邦贾加拉

多贡神殿

西非最大的河流尼日尔河在流经马里共和国时拐了一个大弯，一支名叫多贡的黑人土著民族就生活在这里。大部分多贡人如今仍居住在相对高度约为100英里（约合160公里）的邦贾加拉悬崖上的村庄里。对他们来说，这是一片神圣的土地，圣石、圣池和圣洞在多贡人的村庄里随处可见，这其中最圣洁的，要属坐落在每个村庄中心的神殿了。与周围平顶的民居和带有茅草尖顶的粮仓一样，这些神殿主要用脚下的黄色泥土垒成，与周围的自然景观融为一体。

乐比神殿和比努神殿是神殿中最重要的两种。乐比神殿主要供奉多贡神中最重要的土地神乐比（god of Lebe）。在多贡人的传说中，乐比是第一个离世的人类，他转世化为一条蛇，完成了从出生、死亡到再生的循环。多贡人的首领合贡（译注：hogon，多贡人在每一个较大的聚居区都有一名宗教领袖，称为合贡，全国则有一名最高合贡）会在乐比神殿举行仪式，祈求丰收。根据古代多贡人的神话传说，在创世之初，从天狼星系来到地球的智慧生物诺母（Nommo）经过一系列的转化，成为四对双胞胎，乐比就是其中之一。他们是人类的祖先，相传他们的灵魂就停留在乐比神殿正面的八个壁龛之中。

第二种神殿是用于祭拜多贡人的保护神比努（the Binu spirits）的比努神殿。这类神殿通常都装饰着带有象征意义的图案和浮雕，颜色为多贡的传统色：黑、白、红和大地色。比努神殿的一大显著特色是正面墙壁上奇怪的白色条纹，那是人们在祭祀时泼到墙上的供品——粟米粥，以此向比努祈求雨水和丰收。有些比努神殿的四个或八个角楼上以鸵鸟蛋作装饰，象征富饶和宇宙蛋（译注：cosmic egg，多贡人相信最初的宇宙是一个包含着所有物质的种子或符号的巨大的蛋，在一种不断旋转的力量下，蛋被打开，释放出旋风，最终形成了在宇宙中不断旋转的恒星和行星），这一特征与马里的杰内大清真寺相似。

多贡的神殿再次体现了土地、动物和人之间的密切联系。它仿佛一条神圣的纽带，把多贡人生活的各个方面联结在一起。

15. 亚美尼亚，阿拉拉特州

霍瑞维拉修道院

霍瑞维拉修道院位于亚美尼亚边境宽阔的平原上，背后是神圣的亚拉拉特山——根据《圣经》记载，在大洪水过后，诺亚方舟就停泊在这里。霍瑞维拉修道院外表朴素，甚至略显简陋，但意义重大。这意义并不在于它坐落在圣山脚下，而在于亚美尼亚是世界上第一个将基督教列为国教的国家。

霍瑞维拉修道院由一座教堂、一座小礼拜堂、教士屋舍和用膳房组成，四周的围墙如同堡垒，将修道院圈在其中。建于公元17世纪的St.Astvatsatsin教堂由红砖砌成，外部除了几个具有亚美尼亚特色的十字架浮雕以外，几乎没有什么装饰，甚至连几扇拱形的窗户也能算得上点缀。教堂内部的长方形会堂同样简朴，一个小小的彩绘祭坛就是仅有的装饰了。

霍瑞维拉是亚美尼亚语“深深的地牢”的意思。在修道院的岩石地面上有一个通往地下的入口，沿着窄窄的通道，顺着金属梯子下到地面以下20英尺（约合6米）处，就到了一座狭窄漆黑的石牢。能打破这里阴郁气氛的，只有从小窗口透射进来的一点光束以及与人争抢着有限空气的几根蜡烛发出的微光。

这座幽闭的地牢正是公元三世纪亚美尼亚圣徒格里高利被国王特拉达三世（King Trdat III）囚禁了13年的地方。传说后来国王得了一种怪病，变成了一头野猪。格里高利被释放出来后，治好了国王的病，并把他转化为一名基督教徒，从此亚美尼亚成为了世界上第一个基督教国家。

16. 约旦，亚拉巴谷

佩特拉古城遗址

皮柯 · 耶尔（Pico Iyer）

我从砂岩上的一条小裂缝中穿过，继续前行，通过一个又窄又高的峡谷——那么窄，有些地方只有四码宽；那么高，高得根本看不到天空。再走大约 15 分钟，又要过一个黑暗幽静的红岩峡谷。从峡谷出来，眼前豁然开朗，出现了一座高 135 英尺(约合 40 米)、宽 90 英尺（约合 27 米）的巨型六柱大殿。大殿完全在岩壁上打凿而出，四周雕满了古典石像，这就是“宝库”——卡兹尼宫殿（Khazneh）。

过了卡兹尼宫殿再往前走，穿过一个稍宽的通道，四周的岩壁上到处都是已经消失的纳巴泰民族（译注：Nabataeans，阿拉伯游牧民族，他们建立了厄多姆王国，以佩特拉为首都）的古墓。从通道出来，眼前再一次豁然开朗，我看到一片好似隐藏在沙漠之中的城市。这里有一座能容纳 3000 人的圆形露天大剧场，还有 500 多座墓冢隐藏在四周的峭壁和洞穴之中，在远处还有另一座建筑（修道院），它的规模比宝库更大。

“红石城”佩特拉(希腊语“岩石”之义)最早是由纳巴泰人在公元前五世纪建于约旦南部的萨拉山脉中的。那里已经有人居住了六千多年——最早的居民定居于山谷河床之中。这支从西阿拉伯半岛来的游牧部落意识到这个秘密的地方（他们称之为Rakeem）非常适合安家，在这里他们可以控制通往四个方向的贸易通道：加沙、大马士革、阿克巴和穿越沙漠的方向。佩特拉在其鼎盛时期拥有30,000人口，富有开拓精神的纳巴泰人还发明了自己的字母（是现今阿拉伯语的雏形），并独创了自己的水路和堤坝。

公元106年，当罗马人占领佩特拉时，他们也注意到了这座隐匿之城的价值所在，于是又在这里加盖了浴场和柱廊，使佩特拉变得更大、更加繁荣。不过，随着历史的车轮继续前进，整座城市最终还是在岩石高墙之后陷入寂静。此后的许多年里，没有人知道峡谷中竟然有这么个地方存在，住在当地的贝都因人（译注：Bedouins，阿拉伯人的一支，后随着游牧业的发展逐渐扩散到西非、北非等国家）都在费尽心思地保守着这个秘密。直到1812年，瑞士探险家约翰·路威格·贝克哈特（译注：Johann Ludwig Burckhardt，第一个证实佩特拉古城至今尚存的西方人）在“山中迷城”传说的吸引下，乔装成阿拉伯人混进了这里，欧洲人才真正了解了这座隐藏的石城。

今天，人们在佩特拉仍能感受到它的与世隔绝，历史仿佛原封不动地停留在几个世纪以前，而这座城市就像一只从我们一无所知的文明中漂来的小船。现代游人可能会被这里的驼铃、牧羊人、热闹的茶摊以及在崖间和野花丛中捉迷藏的小孩所吸引，也可以爬到“祭祀高地”（High

Place of Sacrifice）上，在贝都因人过去经常搭羊皮帐篷的露营地附近享受一顿野餐。这里夜间有时也会开放，在宝库前面的空地上，人们点起小灯笼，演出古典阿拉伯音乐。

然而，这里提升心灵、扩展见识的力量更在于那种踮起脚尖踏入未知之地的感觉。我恰巧是在新千年的第一天拂晓来佩特拉参观。在阴暗的峡谷中走了大约20分钟以后，我出来时只看到了另一个形象——一位日本游客独自站在广阔天地之中。

2003年，人们在宝库下面又发现了一处新遗址。这项新发现仿佛在提醒我们：佩特拉永远有发掘不完的秘密。据统计，95%的佩特拉古城仍有待发掘，那是一个我们刚刚开始辨出轮廓的世界。

17. 伊朗，马什哈德

伊玛目礼萨圣陵

伊玛目礼萨圣陵就像一颗润泽的宝石一样，镶嵌在什叶派（译注：伊斯兰教的两大派系之一，主要分布于伊朗及其他一些国家和地区）穆斯林的圣城——马什哈德的中心。蓝色的蛋壳形圆顶、金色的尖塔和庭院的喷泉，无不再现着“天堂花园”的美景。随着夕阳西斜，夜幕降临，穆斯林的唤礼（Adhan）声回荡在空气中，传颂着真主的伟大。虔诚的人们开始礼拜，一些露出头发的妇女停下来，用花纹精美的罩袍把自己严严实实地裹住后，方才缓缓进入院内。

对于什叶派穆斯林来说，前12位伊玛目（译注：即从第一代伊玛目阿里到第12代伊玛目穆罕默德·马赫迪为止的12人）是永无过失的，是为他人树立精神榜样的完美人类，其中伊玛目礼萨以其才华出众、无比正直而著称。公元818年，他被推选为哈里发（译注：caliph，伊斯兰教职称谓，意为真主使者的“继承人”）后，遭其他竞选人妒忌，被迫害入狱。一千多年以来，他的墓地始终是朝觐者心中的神圣之地。

在伊玛目礼萨圣陵之中，七座庭院被一个名为“圣殿”（Bast）的走廊连接起来，通向围绕着墓室的21个内厅。内厅的墙壁全部由镀着金银的马赛克装饰，它们将天花板上的大吊灯发出的光芒以各种不同的角度散射出去。

越是靠近圣陵的中心，墙壁上的几何图案就越是精细复杂，大图中嵌套小图，让人眼花缭乱。在中央大厅的墙上，由金银丝网、浮雕和大理石组成的炫丽装饰让这场视觉盛宴达到了高潮。陵墓的圆顶以金片覆盖，圆顶正下方是镀金格子的圣罩（zarih），遮盖着伊玛目礼萨的陵墓，朝觐者们此行的终点就是触摸圣罩。他们蜂拥着触摸和亲吻圣罩，以示他们对这位什叶派第八位伊玛目的崇敬之情。

18. 伊朗，伊斯法罕

谢赫 · 鲁特福拉清真寺

谢赫 · 鲁特福拉清真寺建于 17 世纪早期，位于伊玛目霍梅尼广场（原名伊斯法罕皇家广场）的东侧。这是世界上比例最完美的广场之一，是仅次于北京天安门广场的世界第二大广场。优雅别致的二层拱廊环绕着广场，将分布四周的几座伊朗最辉煌的建筑连结起来。其中，谢赫 · 鲁特福拉清真寺巨大、光滑的浅粉色球形屋顶，在太阳下熠熠生辉，与旁边蓝绿色圆顶的伊玛目清真寺形成鲜明对照。在底部，彩釉大门配以蓝色、黄色和白色的图案作墙饰，俨然一个精细的彩陶蜂巢。但谢赫 · 鲁特福拉清真寺的惊人之处并不在外部，其内部才是真正的奇迹所在。

与其他清真寺不同，谢赫 · 鲁特福拉清真寺没有入口庭院，也没有祷告时刻召集信徒所用的尖塔，原因是：这本是一处私人的朝拜之地，是萨非王朝（译注：Safavid Empire，1502 ~ 1736 年统治伊朗的王朝）的国王阿巴斯大帝（Shah Abbas）被伟大的黎巴嫩伊斯兰教学者谢赫 · 鲁特福拉（也是自己的女婿）而特别兴建的。

走进清真寺的大门，走过昏暗的入口过道，人们会在毫无准备的情况下被祈祷

大厅里的景象所震撼。陶瓷的墙砖上写满了阿拉伯文字，每一块都洋溢着生气，盘绕交织的笔划有如复杂的花卉图案中花朵的卷须和缠绕的枝蔓。第一眼望去，装饰穹顶的马赛克就像在头顶上方炸开的巨型焰火，在它最光芒四射的一瞬间凝结了一般。等人的眼睛适应了大厅里的光线后再看穹顶的图案，它又变成了一只孔雀的大尾巴，开屏的翎羽在四周窗户和穹顶小窗中透射进来的阳光照耀下，显得更加光彩夺目。对凡夫俗子而言，眼前的画面宛如仙境一景。

19. 博茨瓦纳，马卡迪卡迪

马卡迪卡迪盐沼 亚历山大 · 麦考尔 · 史密斯（Alexander McCall Smith）

我们认定某地为灵性圣地的原因，多数与我们自己、与我们的活动有着某种联系。印度菩提伽耶镇著名的佛祖证道菩提树之所以对佛教徒意义重大，是因为佛祖就是坐在这棵树下顿悟的。对基督教徒很重要的地方，可能是圣人显灵、成就伟业或遗体的最终归宿地。这些都是可以理解的：灵性是关于人类心灵的。我们需要具体地点的提醒，才能更好地纪念圣人曾经取得的功绩或受过的苦难。

那么，人迹罕至或根本无人涉足的地方呢？那些完全以无以言表的自然之美给我们的心灵带来震撼的地方呢？的确有这样的地方，我们的震撼是完全发自心灵深处的。虽然没有人的因素，但这些地方会在精神上让我们产生一种与地球、与我们的家园和我们最终安息的土地紧密联系的感觉。

每个国家至少会有一两处这样的地方：没有人工痕迹，铺陈在眼前的是一个与人无关、未遭人类破坏过的世界。在博茨瓦纳就有很多这样人迹罕至的原始景观，比如中部的卡拉哈里沙漠，在这片广阔的土地上，唯一的居民就是几小群桑人（译注：San，非洲南部一支原住民民族），他们至今仍在一定程度上保持着狩猎、采集的娴熟技术。在沙漠当中的马卡迪卡迪盐沼，几百平方英里的白色盐地与天空相

连，唯一的点缀只有稀疏的几棵棕榈树。

站在这样的天空下，是什么带给人类心灵的震撼呢？是空。许多宗教都看重对“空”的培养，强调放下复杂的生活重担，放下自我和忧虑，让灵魂摆脱杂念，让自己“空”出来。身处忙乱的环境中时，我们很难做到这一点，但在非洲这片空地上，只有我们自己，置身于一个没有喧嚣，不被机器、水泥覆盖的世界。这里的夜晚没有人造光照明，天空中，一颗又一颗的星星光亮洁白，我经常寻找低悬在夜空中的南十字星。在空旷的土地上，在非洲南端空阔的海面上，我是多么渺小，我们是多么小，我们的担心和忧虑是多么微不足道，世界是多么宽广美妙！

20. 摩洛哥，马拉喀什

本 · 约瑟夫清真寺

本 · 约瑟夫清真寺始建于 14 世纪。16 世纪 60 年代，它被萨第安苏丹们改建成了埃及以西最大的伊斯兰教神学院。它也是摩洛哥最漂亮的建筑之一，它的改建正值摩洛哥建筑业最鼎盛的时期。

清真寺的中间是被拱廊环绕着的巨大

中庭，庭院的中央有一座长方形的洗礼池，潺潺的流水声更加深了寺院的宁静。到 20 世纪 60 年代，这里仍有知识渊博的神学家（族长）在肃静的环境里讲授《古兰经》和伊斯兰教。庭院外是供学者祈祷的厅堂和供居住的简单屋舍。这里宁静平和，是

喧闹城市中难得的朝拜和冥想的好地方。

寺内几乎每一面墙、每一扇大门、每一道拱廊和每一根支柱都是经过精心装点的。几何形、花卉形的图案和书写独特的《古兰经》经文一起，昭示着真主安拉的无限荣耀、智慧和仁慈。所有的图案和文字都是由绿、蓝、赭色等色彩丰富的马赛克拼组而成的。

文字中的点睛之笔是“Bismallah”，意为“以宽容慈悲的真主之名”。而在图案中最抢眼的，就要属八角星了，祈祷厅的八角形圆顶再次体现了神圣的数字“八”。在伊斯兰教中，“八”是有神义的数字：天堂分八个区，最后的审判日时，八个天使托着安拉的宝座。如同清真寺本身一样，这些图案有两个简单却又意义重大的功能——赞颂真神和提升观者的心灵。

欧洲篇 02

21. 法国，巴黎

圣礼拜堂

在夏末的午后来到圣礼拜堂，就像钻进了一个高大的珠宝盒子。阳光透过高耸的彩绘玻璃窗投射下来，游人就立刻淹没在红色、蓝色、金色、绿色、深紫红色的流光溢彩中了。

自从 1248 年建成以来，这座精美的哥特式建筑艺术品就成了西岱岛上最引人注目的明星。下令修建圣礼拜堂的是法国国王路易九世，他一心想要巴黎成为西方的基督圣地。他在建造圣礼拜堂上的花费为 40,000 法郎，而用在安保上的费用更足足是这个数字的三倍，因为这里存放的是他花巨资从拜占庭买来的耶稣临刑时佩戴的荆冠残片，还有一些其他的圣物碎片。

在法国大革命时期，圣礼拜堂曾作为共和党领导人的办公场所，而他们最热衷的，是将法国的宗教历史彻底洗清。经过一系列浩劫，如今这里已经没有任何圣物，所幸那 15 扇精致的彩绘玻璃窗依然完好。这些窗户高 50 英尺（约合 15 米），窗户之间由最纤细的石柱分隔开来。石柱呈辐射式延伸至穹顶，使整座教堂看起来轻若鸿毛。这是 13 ~ 14 世纪法国哥特式建筑的典型特征。

每一扇彩绘玻璃上描绘的都是《圣经》中的故事。从下至上，从左至右，15 扇窗户上容纳了一千多个章节片断，从耶稣诞生、布道、受难到复活。其中最壮观的是西墙上的圆形玫瑰窗，它建成于 1485 年查理八世执政期间，表现的是世界末日到来时的骇人景象。

圣礼拜堂最美的时刻无疑是黄昏时分。由于光线照射角度的原因，巨型玫瑰窗显得格外晶莹美丽。在经历了七个半世纪的岁月洗礼后，它带给人们的震撼和享受依然不减。

22. 苏格兰，奥克尼群岛

布罗德加石环

布罗德加石环是世界上保存最完好、最美丽的巨石阵之一。它的半径足有340英尺（约合104米），显得异常开阔，就像所有古老而雄伟的历史遗迹一样，很容易给人一种秩序感——经过了四千多年的风雨洗礼，布罗德加石环表现出的秩序感更加强烈。据说组成石环的本来有60根石柱，到20世纪末时仅存27根，每根高达13英尺（约合4米）。行走在这些高大无比的石柱中间，你会被一种无法言喻的质朴之美深深震撼。

布罗德加石环可以算作一种“圆石阵”，这个名称颇有几分神秘感在其中。在石环北面的一根石柱上，刻有一些古挪威语的碑文——在作品上雕刻文字，这是古挪威人经常的做法。这座石碑就屹立在布罗德加的内斯，这是一条细细的海岬，将海湾分成了两部分。“内斯”的名字本身就来源于古挪威语“nes”(即“鼻子”的意思)。在石碑附近，一座巨石孤独地屹立着，这就是彗星石。石环周围环绕着一圈防御壕沟，壕沟上建有两条堤道，可供人们出入。

人们发现：将几块单独的巨石分别与壕沟相连，连线将指向夏至日出和冬至日落的方向，还推测出石环外侧的几块巨型纪念碑也是整个石阵的一部分。制造巨石阵所用的石材取自于奥克尼岛上的另一处地点，于是，如何把这些巨型石材运过来便成了问题。人们所能猜到的方法有两种：

要么让许多工人精诚合作，一起搬运；要么刚好相反，让他们展开竞赛。

神秘的布罗德加石环也许曾有过各种各样的用途，不过今天，它最大的用途就是供游人尽情欣赏。趁夏日的雨后来到这里，看着彩虹桥横跨壮观的圆石阵，你会有一种非同一般的体验。由转瞬即逝的绚烂色彩和屹立千年的巨型石阵强烈对比所产生的美感，是地球上任何胜景都无法比拟的。

23. 苏格兰，金洛克

默文半岛

亚历山大 · 麦考尔 · 史密斯（Alexander McCall Smith）

默文半岛是全苏格兰最荒无人烟的地区之一。早在苏格兰西北部残酷的土地运动发生之前，这里原本有两千多居民，但现在已经寥寥无几。摄人心魂的美景恣意铺陈，你却很难在这风景中发现半个人影。不过，这里曾经的居住者们留下的痕迹却永远无法被抹去。

我还记得苏格兰作家威廉 · 达尔林普（William Dalrymple）在他的游记中写道："在被巴勒斯坦人占领的印度土地上，新的设施已经建立，但旧的痕迹仍然顽固地存在着。被剥夺了财产的农民们原本用来划分界限的树篱虽然被铲掉了，但它们的根并没有被完全铲除，现在新的叶芽又露出头来，提醒人们这片土地本来的主人是谁。在这场惨烈的冲突中，究竟孰是孰非并不重要——双方都有充分的理由为自己辩护，但对于农民来说，失去土地是一个永远无法弥合的伤痛。"对于许多苏格兰人来说也是一样：在惨烈的土地运动中，逃往加拿大或美国成了他们唯一的选择。现在看来，也许无奈离开的人比胜利留下的人更加幸运——那种深深的失落感也只有留下的人才能深切体会：他们眼睁睁地看着说盖尔族语言的人、唱盖尔族歌谣的人、了解盖尔族宗族历史的人越来越少。

默文是一个失落之地。这里独特而完整的文化渐渐支离破碎，走向没落。不过，就像印度土地上的老树篱想要奋力揭开尘封的历史一样，在这里荒凉的山坡上，你偶尔还会看见这样的景象：一两座房子早已倾塌，用石头搭建起来的可爱的羊圈现在仅剩下黄土一堆，你还能依稀辨认得出哪里搁浅着小船，哪里用来做熏鱼，在哪条小路上，赤脚的孩子们成群结伴地走向他们小小的学校……现在，一切都成了过眼云烟。

可是，这片土地的灵魂依然存在。正是这灵魂召唤着人们从四面八方来到这里，让这片荒芜之地重现生机。人们定居在这里，享受着宁静生活的愉悦、摆脱压

力后的轻松和美得让人心醉的自然山水。

不管在哪里，人们总会受到历史的影响。虽然宗教改革让今天的苏格兰教堂普遍呈现出一种冷酷而简朴的风格，但也有许多遗迹让人能够感受到苏格兰丰富多彩的一面。离默文半岛不远处是著名的圣徒小岛爱奥那岛（Iona），当年圣哥伦比亚就是在这里将基督教从爱尔兰引入苏格兰的。今天，许多人都专程来到爱奥那岛，感受这里浓烈的宗教气氛。其实，人们大可不必这么麻烦——只要翻开地图，看一看那些有纪念意义的地名，就能知道

早期的苏格兰圣徒们做出过怎样的贡献。本·海恩特（Ben Hiant）在盖尔语中是“圣山”的意思，人们在提古里斯湖（Loch Teacuis）的对岸就能远远看到它。据说在山脚下，圣哥伦比亚发现了一口圣泉。站在本·海恩特山上，科尔岛（Coll）、提里岛（Tiree）和外赫布里底群岛（the Outer Hebrides）尽收眼底。这里薄雾缭绕，如诗如画，但生活在这里的古代圣徒们却清楚地知道——他们马上就要迎来一段最黑暗的时期。

24. 葡萄牙，托马尔

克赖斯特女修道院

克赖斯特女修道院的意义如此重大，与它在葡萄牙国际关系转变中的价值是分不开的。克赖斯特女修道院的前身是一座城堡，位于纳波河（Nabao）附近的小山上。12 世纪，圣殿骑士团（译注：Knights Templar，历史上著名的三大骑士团之一）设计并修建它，是为了抵御摩尔人（译注：moors，中世纪时西班牙人和葡萄牙人对北非穆斯林的贬称）的进攻。现在修道院建筑群中最古老的圆形大厅（在葡萄牙语中被称为“charola”），就建成于这一时期。阳光透过高高的窗户射入大厅，为绘着圣徒和天使的华丽壁画镀上了一层金光。圆形大厅的内部装饰得极为富丽堂皇，就连高大的穹顶上都绘着耶稣诞生和传道时的情景。

14 世纪，圣殿骑士团被改编为基督骑士团，团里数目可观的资产全部被用来扩建他们在托马尔的总部。于是在圆形大厅的旁边，一座华美的中殿拔地而起。墙壁上的浮雕细致繁复，简直堪比最精美的蕾

丝。其中最著名的是西窗周围的雕刻品，它们复杂精细得甚至让人难以一眼辨认出雕刻的主题。不过，如果你耐下心来细细观察，就会发现许多有意思的细节——覆盖着厚厚的青苔、仿佛刚从深海中被拖上来的绳索，翻滚的巨浪，正在干活的水手，还有一些海上特有的景色，到处都是典型的航海元素。这是因为15世纪是葡萄牙海外贸易最发达的时期，大大小小的船只满载货物，从葡萄牙港口驶向非洲海岸，很快又载着满仓黄金回到葡萄牙。靠着这些黄金，这个小小的帝国迅速崛起，一跃成为叱咤风云的海上霸主。

虽然显赫一时的葡萄牙帝国很快就衰落了，但凭借鼎盛时期积累下来的财富，克赖斯特女修道院还是从一座以抵御外敌为目的的军事要塞，摇身一变成了融合世界各地建筑风格的艺术圣殿。

25. 德国，多特蒙德

伊克斯坦岩石群

爬上一段看似并不安全的石梯，走过一座狭窄的吊桥，在伊克斯坦高耸的岩石峭壁顶端，你会看到一座小小的、没有了屋顶的石屋，它是许多个世纪以前的人类依着岩石开凿出来的。石屋的东墙上有一个圆圆的小洞，透过它，岩石脚下的林海尽收眼底。每年夏至这一天，当太阳初升的时候，光线恰好通过小洞，将这座小小的石屋照得通透明亮。

伊克斯坦岩石群位于德国西北部小城多特蒙德附近的条顿堡森林里，由五根拔地而起的陡峭的石灰岩柱组成。小石屋所

在的岩柱高约120英尺（约合37米），被称为“天文台”。早在公元前10,000年，石器时代的古人类就发现了这个与众不同的地方。虽然目前还没有任何确凿证据，但人们相信：这里曾是古代日耳曼民族祭祀他们的主神奥丁（译注：**Odin**，是胜利、诗歌、智慧和死亡之神）和其他神灵的场所。

在一千多年前第一位基督教隐士将石屋变为礼拜堂，为它披上宗教的外衣之前，这里早已是古日耳曼人的神圣之地，是他们观察夏至日出的场所。他们还在石壁上开凿了许多洞穴和隧道，但这样做的目的依然是个谜，也没有人知道他们精心打造的石阶究竟要通向哪里。

在岩石的底部还有一位不知名的艺术家于1150年留下了浮雕，表现的是耶稣从十字架上被放下的情景，这是北欧唯一的一处罗马式艺术品。

26. 挪威，芬马克郡

阿尔塔岩画

人类是这样一个有着强烈交流欲望的物种。他们喜欢讲故事，喜欢到处留下印记——在挪威小镇阿尔塔的岩石上至今还保留着许多神秘而古老的雕刻图案，默默地向我们传达着来自远古的信息。

正常情况下，你很难看得出岩石上有什么异常，只有用水浸润岩石，这些怪角嶙峋的图案才能逐一显现——有人在建造船只，有人在钓鱼，有人在演奏乐器，有人在看护成群的驯鹿和神圣的熊神。人们每发现一个新的图案，都会用红色的赭石颜料涂在雕刻留下的凹槽里，这样不必浸水，图案也能清晰可见。也许千百年前的工匠在刚刚刻下这些图案之后，也曾用过类似的方法加以装饰。

创作岩画的究竟是谁，至今仍然是个谜。我们只知道这五千多幅奇怪的图案形成于公元前 4200 ～公元前 500 年之间。大部分岩画集中在一个叫“杰普玛罗卡塔”（Jiepmaluokta）的地方，这是当地的萨米语，也就是“海豹湾”的意思。几千年过去了，这些岩画保存得相当完好，几乎还维持着最原始的样子。岩画上许多人和动物身后都有线路标记，显示他们正在朝哪个方向运动。其中大多数人和动物沿水平方向运动，但有的时候，熊和其他古老的北欧部落所崇拜的动物则垂直向上运动，穿过其他动物的轨迹，我们将其解读为这

些动物来生都会以某种方式联系在一起。

岩石之间有一条木板路。沿着这条路，人们可以从最高、最古老的岩画开始，一直看到最年轻的、几乎低至地面的岩画。凝视着这些色彩对比鲜明的图案——鲜红的线条印刻在灰白的岩石上，揣测着它们所要表达的含义，你会有一种错觉：仿佛自己穿越了未知的时空，正与千百年前的某个人进行着奇妙的心电感应。

27. 西班牙，梅诺卡岛

塔拉提巨石碑

安德鲁 · 莫辛（Andrew Motion）

打开地中海地区的考古地图，你会惊讶地发现：在西部一大片半月形的地域内，分布着一系列令人叹为观止的史前遗迹，其中西班牙的梅诺卡岛就是一个古遗址高度集中的地方。那里的巨石遗迹多达一千六百多处，许多遗迹距离旅游区都非常遥远，只有当地的农民才得以一睹其真容。不过，就算是那些恰好位于热门旅游线路上的史前遗迹，也还多多少少保留着几分神秘感，比如著名的船形史前墓，它就位于连接马奥与休达德亚两地的大路旁，再比如塔拉提巨石碑周边精巧的史前村落。接连几个夏季，我都会到梅诺卡岛上度假，我对于这里粗犷而浓郁的地域风格的了解，正是从这些巨型史前遗迹开始的。

我的了解从这里开始，同时也终结于这里——它们实在是难以捉摸。塔拉提巨石碑建于石塔文化时期，大约是公元前2000～公元前1000年间，直到今天仍然保存完好。“塔拉提”这个词来源于阿拉伯语“atalaya”，意思是“瞭望塔”，但令人不解的是，这里却是一片巨石方丘，谁也说不清它究竟是墓冢、警卫室、住所还是瞭望塔。有两块平整的巨石，一块直立着，另一块稳稳地放在第一块上面，组成一个“T”字型，距离地面大约有15英尺（约合4.6米）高。这是做什么用的？仅仅是为了展现力量和设计的精巧吗？还是史前人类的祭坛？或者是用来天葬的场所？某座早已坍塌的房屋留下的支撑结构？没有人知道，就连旅游指南上都只能列出种种可能性，无法给出真正的答案。

这就更加激起了人们的好奇心。我最近一次探访塔拉提是在日暮时分，四周一片荒芜。这里和我记忆中的景象完全一样，却又迥然不同。在防护墙内，被日光晒成灰白色的巨石错落有致地分布着——一块巨石上面有一个长年受风雨侵蚀而留下的圆洞，圆形整齐而标准，使得这块石头仿佛一根巨大的石针深深插在大地上。为什么要选择这样一块石头？是因为自然力的作用使它与众不同，甚至将它神化？没人知道答案。另外，其他的石头为何散布在这里，是某个建筑的遗迹还是精心布置的巨石阵？圆圈中心的巨型石台究竟是做什么用的？没有人说得清。我抚摸着高耸的巨石，它像巨兽一样轻轻地呼吸，体内仿佛聚积着一团能量，随时可能化作一阵怒火或一场风暴奔涌而出。我坐下来，背靠着粗糙的石灰岩表面，等待黑夜降临。知了乐团没完没了地演奏着同一段曲子。清凉的风吹散了空气中麝香草和长春花的香气。黑暗从四面八方渐渐来袭，周围一片寂静。我平躺在石台上，感到自己的身体渐渐沉了下去。

28. 瑞典，乌普萨拉

乌普萨拉古城

乌普萨拉古城——国王的家园，上帝的居所，用人类作祭品的神殿。如今，乌普萨拉的名字已经等同于古代维京（译注：Viking，北欧海盗，从公元 8 世纪到 11 世纪一直侵扰欧洲沿海和英国岛屿，其足迹遍及从欧洲大陆至北极的广阔疆域）政权的宗教中心。在乌普萨拉大学城外，朝圣者们仍然可以看到连绵起伏、碧草青青的小丘，那就是有着 1700 年历史的贵族教徒们的埋葬地。坟冢仍在，但那些古老的埋葬仪式究竟有怎样的含义，人们仍然难以理解。

铁器时代，曾经淹没北欧大陆的汪洋渐渐退去，在当地人的习俗中，葬礼仪式开始兴起。作为瑞典旧都，乌普萨拉老城有成千上万座古坟，但现在仅存250座——在地势低洼的地区，翠绿色的大型坟冢如小山丘一般高高隆起。根据主神奥丁的法令，当年瑞典国王的葬礼尤为盛大——他的遗体被火化，灵魂则被送往主神奥丁接待英灵的瓦尔哈拉殿堂。残余的骨骸和灰烬被埋入地下，用大量的武器和金银财宝陪葬，并建起一个巨大的坟冢。因此，如今的乌普萨拉老城不仅具有非凡的宗教意义，更是考古学家眼中的宝库。

乌普萨拉是维京政权在瑞典的最后一个据点。根据历史学家不来梅的亚当（译注：Adam of Bremen，11 世纪德国历史学家，著有《汉堡大主教史》）的记载，在公元 1070 年大半个瑞典转变为基督教世界之后，各种残忍的维京宗教仪式仍然存在，甚至包括用人类作为祭祀品。亚当还详细描述过一座富丽堂皇的教堂：四周绿树环绕，一条金链挂在山墙上。教堂里面陈列着为雷神、主神奥丁和耕耘之神分别准备的三个宝座。

今天，这座 11 世纪教堂的所在地很可能就是亚当笔下大教堂的遗址。原教堂规模宏大，但中殿和耳堂都已经毁于大火，只剩下现在这座规模相对较小的石质建筑。随着历史发展，基督教已经完全取代了乌普萨拉原始居民所信奉的宗教，但人们仍然可以在这座阴郁的小教堂里，通过沉重的十字架和精美的雕刻作品，感受古老而神秘的原始宗教力量。

29. 芬兰，图尔库

图尔库大教堂

每天正午，芬兰广播电台里都会响起一个声音，这声音也同时回荡在每一个芬兰人心中，这就是图尔库大教堂的钟声。图尔库——瑞典语中称为“奥布”，几个世纪以来一直是芬兰的首都，直到1809年俄国吞并芬兰之后，1812年才将首都迁往赫尔辛基，因为这里距离俄国更近。不过，由于一座有着700年历史的路德教主教堂的存在，图尔库在芬兰文化中仍然占有特殊的位置。在芬兰，这座教堂是民族自豪感的象征，是国家圣地，也是众多伟人的长眠之地。

一走进教堂，你就会有一种古典与现代相结合的奇妙感觉。简单的白墙支撑起巨大的哥特式拱顶，让人油然而生一种新教的虔诚之感；用色彩鲜艳的碎片拼贴而成的壁画又把人拉回到中世纪天主教的氛围当中。壁画的内容有的是用精致的叶子围绕着圣芭芭拉像，有的是圣维若妮卡罩着印有耶稣形象的面纱。两座15世纪的雕像以其精湛的制作工艺和深邃的人性光

辉，显得尤为引人注目：一座是圣安妮环抱着圣母玛利亚和小耶稣，另一座是悲恸的圣母玛利亚轻抱着被钉死在十字架上的耶稣。

在基督教改革运动期间，许多圣徒的雕像、画像以及其他物件都被藏在圣器安置所里——在 1827 年那场大火中，这些圣物全都逃过一劫，完好无损，而整座教堂和大半个城却被烧毁了。今天你所看到的塔楼尖顶是灾后重建的，在尖顶下面，你还能看到当时被火烧黑的砖块。

在 19 世纪展开的对教堂内部的修复工程简直令人赞叹：弗莱德里克 · 威斯汀的新哥特式祭坛装饰画与卡尔 · 路德维格 · 恩格尔的镀金讲坛，分别对应着大教堂中简朴与奢华两种风格。

30. 意大利，托斯卡纳

蒙塔奇诺和圣安蒂莫修道院

亚历山大 · 麦考尔 · 史密斯（Alexander McCall Smith）

第一次来到蒙塔奇诺（译注：Montalcino，意大利最重要的葡萄酒产区）时，我还是锡耶纳大学的学生。如果你在年少时来过这里，那么今后很长的一段时间里，它留给你的印象都将挥之不去，而且随着时间的推移和记忆的模糊，那种吸引力反倒越来越强烈。我乘着汽车，沿着弯弯曲曲的山路上到这座小镇，在那座捍卫自由的大堡垒附近下

了车。那时候，蒙塔奇诺远没有现在这么多游人，空气中弥漫着一种慵懒的气氛。就像在许多意大利小镇和村庄一样，走在这里，我强烈感到似乎某些极其重要的事情曾经发生过，但因为年代太过久远，根本无从考证。我花了一天时间，在那些狭窄蜿蜒的小巷子里四处游走，眼前的任何一处景致都像是文艺复兴时期那些著名油画作品的背景。如果此时澄清的天空中出现了天使，我也丝毫不觉得奇怪——在艾尔 · 艾弗瑞兹（译注：Al Alvarez，1929 年生于伦敦，诗人、诗评家、小说家和人类学家，是当代英国文坛的重要人物）的诗歌《天使在意大利》中，天使在这里旅行是多么自然而然的一件事。

几年之后，我第二次来到托斯卡纳，并临时决定去蒙塔奇诺周围的几个村庄看一看。我来到科勒的圣安格鲁村（Sant' Angelo in Colle），远远望去，这座建在高山上的小村庄仿佛飘浮在半空之中，超然于尘世之外。我走过一座农场，两头白牛正悠闲地吃草，一架看起来摇摇晃晃的木头推车停靠在树下。这里没有任何紧迫感，生活也不再是一场战争。你能感受到的，只是永恒而彻底的和谐与美好。

走着走着，我就发现了圣安蒂莫修道院，它就在小镇以南几英里处。作为意大利备受赞誉的罗马式教堂，它有着清新柔美的外形，完美的方形塔楼，四周葱郁的柏树和橄榄树。在这里，灵性与岁月同步积淀着，祈祷之地被祈祷者的灵性反复浸润，几百年的晨钟暮鼓早已渗入这里的一砖一瓦、一草一木。它们时刻提醒着我们：

西方传统宗教的根就在我们脚下。也许游人并不接受这里宣扬的教义，但几个世纪以来，正是那种精神上的向往才使得这里成为了修士和普通人心中共同的圣地，这才是最重要的。

今天，这里仍在沿袭着古老的宗教传统：晨祷、午前祷、午祷、午后祷、晚祷、夜祷，按部就班的时间表反应了在托斯卡纳四季与生命的节律。不要急躁：到了橄榄和葡萄该成熟的时节，它们自会成熟。停下来，静静倾听，在心里问问自己：你是谁？你在做什么？为什么做？然后闭上眼睛，想象天使就在身边。

03 美洲篇

31. 美国，亚利桑那州

谢伊峡谷

巨大而深邃的谢伊峡谷位于纳瓦霍族部落（译注：Navajo，美国西南部的一支印第安民族，是北美洲地区现存最大的美洲原住民族群）的中心地带，从他们的四座圣山之间蜿蜒而过。发源于图尼卡山脉的一条小河从谷底的砂岩上流过，峡谷的红褐色峭壁上则满布几千年风化和侵蚀所留下的凹凸不平的结构和裂缝——大自然

以这种奇特的形态见证着时光的流逝。

在高高的峭壁上，有一处呈水平方向分布的大裂缝。早在公元11世纪，古老的美洲土著阿那萨齐人（译注：Anasazi，或称古普韦布洛人，居住于美国西南部的古代居民，以沿着悬崖峭壁建设的石头和土坯建筑最为著名）就在这里建立起能容纳一百多人的居住场所。人们根据这里的白色石壁,将住所遗址命名为“白屋废墟”。在附近的峭壁上刻有复杂的象形文字、起装饰作用的图案和螺旋线以及对西班牙部队入侵等重大历史事件的记述。现在，这片区域完全归纳瓦霍人所有——他们早在18世纪前就已经移居到这里，而峡谷也已被美国划规为国家公园。

在谢伊峡谷和纪念碑峡谷(Monument Valley ）的交界处，屹立着一座高约800英尺（约合240米）的大型砂岩锥柱，名为“蜘蛛岩”，它在周围的大地投下了一片巨大的影子。在纳瓦霍族和霍皮族（译注：Hopi，北美印第安人的一支）的传说中，蜘蛛岩的顶端住着蜘蛛女神，她介于人类与神之间，拥有强大的力量。纳瓦霍人相信是蜘蛛女神授予他们编织的技艺，而编织器皿正是他们最重要的手工业之一。人们将她视为保护神，对她既崇拜又畏惧——传说她会把不听话的小孩子抓到洞穴中吃掉。无论如何，这座高耸直立的神柱对当地人而言是一个重要的标志物。

32. 美国，俄亥俄州

蛇丘

在树木繁茂的陡坡和峻峭的岩壁环绕下，一条盘旋的山脊蜿蜒在俄亥俄州亚当郡的俄亥俄丛林和东部溪流之上。“蜿蜒”正是个合适的词，因为在公元1050年前后，当地的印第安人就选在这座尖尖的山脊上，建造了世界上最大、最令人称奇的土方艺术之一——宽约20英尺（约合6米）、高约3英尺（约合1米）、形似巨蛇

的土丘。蛇形土丘如此之大，人们只有从空中俯瞰才能见其全貌。

巨蛇的尾部以逆时针方向，盘旋得非常完美。它起始于山脊西端，一路沿着山脊顶部以柔和的波浪状延展开来，长达1150英尺（约合350米）左右。最后出现的是蛇头，张开的蛇口正在吞食一个巨

蛋，即山脊东端的一圈椭圆形围墙。

古印第安人为什么要建这个？他们在这里举行什么仪式？蛇在许多美洲土著文化中都很重要，象征着繁衍生息和富饶，“巨蛇”或“巨蛋”作为生命起源的说法，在世界其他地方也都存在。蛇丘的头部指向夏至那天日落的方向，蛇身的几个波形可能也指向其他几个重要的位置，比如春分、秋分和冬至的日出方向。至于那个“蛋”，会不会是巨蛇在一年的转折点夏至之日“吞下”的太阳呢？蛇身有七个弯曲的波形，而“七”在美洲原住民的传说中具有重要的意义，因为他们对“第七代”之前的直系后辈负有责任。

也许蛇丘是神圣的复苏仪式的定期举办地，宣布太阳将启程去往冬季，并祈祷它能早日回归。当然，这些只是推测。虽然蛇丘的谜题永远都得不到确定的答案，但它会一直保持着这份神秘和力量。

33. 美国，怀俄明州

魔鬼塔

约瑟夫 · 马歇尔三世（Joseph Marshall III）

在怀俄明州东北的灌木丛、松树林和稀疏的草原上，矗立着一座布满疤痕的擎天巨石。对科学家和游客来说，这是一块古老的火山熔岩，而对在北美北部平原居住过和居住着的许多土著部落来说，这里是一片圣地。

传说在远古时代，七个女孩正在摘莓子，突然一只凶恶的大熊开始追她们。女孩们飞快地逃到一座小山上，害怕地紧紧抱作一团，向大神祈祷求助。大神收到了她们绝望的祈求，令山升高。熊暴怒地不断奋力抓着，把小山抓出一道道爪痕，直到小山成为一座大山，熊再也抓不到女孩为止。终于，熊放弃了，灰溜溜地走了，大神把女孩们安然送回村庄。

这个古老的印第安传说，就是这座高耸的火成岩（译注：由岩浆直接凝固而成的岩石）得名“魔鬼塔”的原由。它在当地部落中有很多名字，如熊居、熊穴、岩石之巅、鬼山等。现在，岩石外还能看出大熊又长又深的爪印，形成了十分规则的岩柱，使岩石从各个角度看起来都更像一棵刮痕累累的大树桩，因此它还有一个名字叫“树岩”。官方名字“魔鬼塔”是从“恶灵山”衍生而来的，而“恶灵山”是19世纪人们对当时本土部落最常用名字“熊

居”的误译。

魔鬼塔在 1906 年被宣布为美国第一处国家纪念地，其实在此之前，它的奇美早已吸引了大批的游客。它从大草原上平地而起，高达 865 英尺（约合 264 米），侧壁几近垂直，对每年来这里检验技术和勇气的攀岩者来说，绝对是一项大挑战。但在每年六月份，多数攀岩者都会停止攀登，以示对土著民的尊敬——六月正是他们在山脚下举行太阳舞、蒸汗屋仪式和供品祭祀等神圣仪式的时节，他们不希望仪式受到任何干扰。早在那些攀岩者想要挑战“魔鬼岩”的高度之前，不同的部落就已经在山脚下举行仪式，祭拜大神，巩固他们与神山之间的密切联系。

不论随团还是个人，现在仍旧有许多信徒前往魔鬼塔朝圣、冥想、寻求指引并与天地接触。在我看来，和七个女孩的传说要阐释的一样，魔鬼塔有提升的作用，既提升物理高度，又提升心灵高度。不管你的魔鬼塔之行是出于娱乐还是朝圣，它都会留给你那种向更高领域又接近一步的强烈感觉。

34. 美国，夏威夷州

莫纳克亚火山

相传，夏威夷五大火山之一的莫纳克亚火山（或称“白山”），是雪之女神波丽阿胡（Poliahu）的故乡。波丽阿胡是天神凯恩（Kane）的女儿，她融化成小溪浇灌着农田，所以受到农民的尊敬崇拜；而住在隔壁莫纳罗亚火山的火之女神佩蕾（Pele）则是农民非常害怕的。

传说在许多个世纪以前，两位女神在一次holua比赛时发生了争执。Holua是一项传统的夏威夷运动，人们驾着大木橇，以非常危险的速度从长满草的山坡上滑下，比谁先抵达山下。佩蕾为了阻碍波丽阿胡赢得比赛，便从她的莫纳罗亚火山上召唤来了岩浆。为了抵挡岩浆来袭，波丽阿胡就将莫纳克亚山顶上的常年积雪厚厚地铺在她的赛道上。

莫纳克亚是座休眠火山，据科学计算，它距上次喷发已四千多年了，而佩蕾所住的莫纳罗亚火山至今仍然不时地喷发，使岛上希洛城的居民们忧心忡忡。他们甚至为飘在空中的一丝丝火山灰烟取名为“佩蕾的头发”。

由于莫纳克亚火山是个有着众多自然传奇的地方，它也成了许多夏威夷人心中的圣地。他们穿过阴森可怕的火山渣，来寻找超自然的神力。这里由于海拔较高，空气稀薄——从理论上讲，莫纳克亚是世界上最高的山，从太平洋海床底算起高为

33,000英尺（约合10,000米），但其中只有13,700英尺（约合4,200米）处于海平面以上。夜间，莫纳克亚山的天空如此清澈动人，不仅使业余的观星者心驰神往，也令山顶上月影映照下的一座座白色天文台内的职业天文学家们如痴如醉。

35. 美国，明尼苏达州

烟斗石

约瑟夫 · 马歇尔三世（Joseph Marshall III）

烟斗石国家纪念地位于明尼苏达州西南美丽广袤的草原边上，它的名字出自本地开采出的柔软红石，而这五十多个采石场并无商业投资：这是一片圣地，只有美洲原住民才可以采集这里稀有的石头，这一原则已维持了数千年，每年都会有原住民跋涉几百英里来此采石。

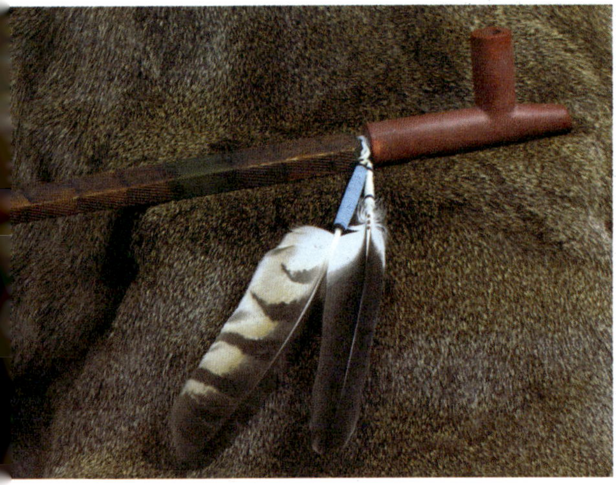

在当地传说中，大神将这里的红粘土石赐给所有部落来制作神烟斗。现在，这种稀有的烟斗已经被改进成烟锅，装在长长的木管上，用在神圣的仪式中，让冒出的烟雾将他们的祈祷带给祖先和大神。尽管得到采石许可需要等上许多年，但每年夏天仍然有很多人从各个部落长途跋涉前来采集圣石。

和红石最初的探索者一样，许多人来到这里也是为了体验它的宁静之美。在烟斗石的小溪附近的小径旁，高大的岩石经过岁月的雕琢打磨，变成了奇妙的“雕像”。它们还有自己的名字，如“老人面石”和“印第安双面石”等。这其中最为惊人的要属“先知圣人石”了，它出神入化地勾勒出一位博学老者认真庄重的面部轮廓。这些石头守卫者们长久地望着安静的林地、柔柔流泄的温尼薇莎瀑布和原住民表演传统太阳舞的场地。附近还有“三少女”，是几千年前由海华沙湖的冰川漂砾堆积起来的。海华沙湖得名于亨利 · 沃兹沃斯 · 朗费罗（译注：Henry Wadsworth Longfellow，1807～1882，19世纪美国最伟大的浪漫主义诗人之一）1855年著名的诗《海华沙之歌》，其中神圣的烟斗石采石场被提及多次。

朗费罗其实从未去过采石场，却被这里的第一位白人访问者、宾夕法尼亚艺术家乔治·卡特林（George Catlin）的描述所感染。卡特林在北部平原上游历甚广，对许多部落都做了重要的可视化记录。他于 1836 年来到此地，参观了采石场，并带回去一些柔软的、易打磨的粉红色石头做样本，现在这些石头以他的名字命名。

多年来，居住在烟斗石采石场的最主要的土著居民是达科他人和纳科他人两支，他们占据了这里居民数的三分之二，另外的一支是拉科他人。在这个区域被白人占据的许多年间，多数部落迁到了西边预留地，于是采石场南一英里处渐渐形成了烟斗石小镇。1937 年，这片占地 282 英亩（约合 1.14 平方公里）的场地成了明尼苏达州第一片国家纪念地。从此，部落居民又能重新自由地采石了。

早期白人研究者错误地把这里神圣的烟斗叫作“和平烟斗”，因为达科他、纳科他和其他部落都用它们与白人进行正式的交易。不过，从某种意义上讲，这个名字倒也合适，因为大神认为烟斗石采石场要禁止武器，且敌对的部落要和平地在这里一同开采。现在，部落间的仇恨都已过去了，他们的后辈也不会忘记祖先们是如何一踏上这片圣土便放下武器、撇开争端的，原住民继承着他们祖先的精神和传统。对外人来说，这里本身的美也足以给人带来一种内心的平静感。此地，对所有的来访者而言，都是一片宁静之地。

36. 墨西哥，尤卡坦州

献祭井

19 世纪的旅行者行至墨西哥尤卡坦半岛北部的奇琴伊察玛雅城废虚时，就会感受到那口天然水井的阴森气息。它直径约 200 英尺（约合 60 米），墨绿色的井水

荡漾在深 65 英尺（约合 20 米）的石灰岩深井中，通过陡峭的井壁透下来的光和宽敞的空间足够绿色植物在井边的缝隙中生存。早期的一位到访者曾这样写道："一种神秘之感似乎弥漫其中……与这口井曾作为祭拜之处，将活人作祭品投入井中的历史渊源恰为融合。"

20 世纪早期人们对这里的调查证实了这些传说是真实的。在井的深处，人们至少发现了 42 具遗体，他们被作为祭品供奉，以祈求上帝的照顾和来世的幸福。但现在，这里已经没有了恶行。恐惧消失，此地散发出深切的平静气息。

在玛雅文化中，自然井是城市里的核心仪式举办地，也是玛雅文化最后时期的主要特征。奇琴伊察是伊察人的首都，他们是与东北几百英里外的托尔特克文明（译注：Toltec culture，公元 900 ～ 1521 年，其建筑与艺术兼有本文化与玛雅文化的特点，形成了独特的风格）有着密切关系的一个民族。他们是成功的商人，也是杰出的勇士，他们的财富有至今仍残存于世的上千艺术品为证。这些艺术品有铜器、玉器、黑曜石制品和金制品等，均精美优雅，多数都出自井水下，是当时供奉上帝的祭品。

04 大洋洲篇

37. 新西兰，南岛

库克山

库克山，毛利人称之为欧拉奇山，即“穿云之锥”之意，传说它是始祖神的化身。它海拔 12,300 英尺（约合 3,700 米），是新西兰的最高峰。但生活在当地的纳塔胡族人（Ngai tahu）更看重的是它的意义——欧拉奇是天父与地母所生的第一个孩子的化身。

天父与地母结婚后生了许多孩子。一天，欧拉奇（Aoraki）和他的三个弟弟拉奇罗（Rakiro）、拉奇鲁（Rakiru）和拉拉基罗阿（Rarakiroa）下凡来探望母亲，返回天上时独木舟突然翻覆。兄弟们挣扎着爬到了沉舟残骸的最高点，被刮来的南风冻结，变成了南岛。现在，有三座山峰的欧拉奇山被丹皮尔山（Mt.Dampier）、塔斯曼山（Mt.Tasman）和泰切尔曼山（Mt. Teichelmann）所包围。科学家的解释是：这里的群山是因为太平洋板块与印澳板块挤压引起地壳上升，这种压力持续不断，使山脉每年升高 0.28 英寸（约合 7 毫米）。

1851 年时，约翰 · 斯托克斯船长将欧拉奇山以詹姆斯 · 库克的名字命名为“库克山”。詹姆斯 · 库克是绕南岛旅行的欧洲第一人。现在，库克山已成为国家公园，是户外探险的胜地。这里有 300 多种

植物，如高山雪菊和有“库克山百合”之称的大毛茛等。此外，高山鹦鹉、宝玉澳虎和黑颈长脚鹬等珍稀动物也都栖息于此地。

纳塔胡族人认为攀登库克山是对神明的亵渎。欧拉奇是他们祖先的化身，是联系世界与超自然世界的纽带。

38. 澳大利亚，金伯利地区

班古鲁班古鲁

在澳大利亚的土著居民传说中，“梦幻时代”是祖先创世纪的年代，澳大利亚便是形成于这一神秘的时期。这些传说正契合着当地的自然地貌，仿佛为这奇异的地貌寻找合理解释的需求激发了那古老民族的想象力，这才有了超自然创世者的世界。

位于西澳大利亚的班古鲁班古鲁就是梦幻时代神灵所在的“梦幻地”之一。这里的山丘崎岖坑洼，就像月球表面一般。

看着那奇异的凸起和结块以及灰橙色的条纹，很难想象这完全是自然景象。实际上，这些巨大的、带状蜂窝般的石头确实是自然侵蚀的结果。几个世纪以来，从塔纳米沙漠刮来的热风把地表以下的砂岩和藻类化石吹得暴露出来，形成一种似海波荡漾的景观，从空中望去，又酷似片片五彩缤纷的珊瑚礁，蔚蓝、橘红、翠绿、靛蓝、金黄、灰白……晃得人眼花缭乱。

针鼹鼠峡谷（Echidna gorge）是一条夹在两大块红岩峭壁之间的狭窄裂缝，它长约 1.25 英里（约合 2 公里），最窄处仅有 7 英尺（约合 2 米），看起来就像某个巨人或神灵在盛怒之下挥剑劈开峭壁一样。

这一地区有澳大利亚最稀奇的几种野生动物，尤其是在干涸的高原河床一带栖息的众多鸟类，人们常会见到虎皮鹦鹉和彩虹蜂鸟轻快地掠过小溪。令人惊讶的是，这个地方直到 20 世纪 80 年代才被土著以外的人类开拓，至今很大程度上仍是土著人的精神保护区。人们游览今天的班古鲁班古鲁，就是在目睹梦幻时代的古老传说。

39. 澳大利亚，昆士兰州

卡那封峡谷

卡那封峡谷占地16,000公顷，位于昆士兰州卡那封国家公园中。对当地的Bidjara和Karingbal两支土著居民来说，它有着独特的自然和精神意义。它是“能量之地”，也是每年举办传统仪式的地点。

卡那封峡谷位于公园东部游客最多的地方，是几百万年前由页岩、砂岩和其他几种沉积岩堆积而成的。沿着谷底走，就可以清楚地看见这些不同的岩层，特别是砂岩岩层形成的奇特壮观的地貌。峡谷比周边干旱的高原温度更低、降雨更多，就像一个热情的绿色圣地，到处都是郁郁葱葱的桉树、刺槐、松树和国王蕨。

峡谷低处有一个200英尺(约合61米)

长的"岩画走廊"。这里以"艺术长廊"著称，都是当地土著人留下的、风格独特的艺术作品——包括一千三百多幅岩画和六百多幅模板，主要是人手和生育的符号。附近的一座巨大的岩石洞穴——"大教堂洞窟"墙上也有类似的模板画。这种画是在岩石上罩上模板，再将赭石颜料与水混合成浆状，吹喷到模板上形成的。这些模板画已经被视为宗教仪式的一个组成部分，象征着人与岩石的密切联系。3500年过去了，颜料中的红黄色调依然惊人地鲜亮，在世界上同类艺术中，它们是最为复杂精细的了。

但是，创造这些作品的土著人却没有永远在峡谷中住下去。也许是为了不被敌人围困，更可能的是因为这里如此神圣，只应短暂停留，不该被永久占据。

40. 澳大利亚，北部地区

卡塔丘塔

在这片如丝绸般的沙漠上，卡塔丘塔看起来就像几个大褶皱。这些岩石拔地而起，聚集成一簇簇粉红色的圆丘，耸入天际。

卡塔丘塔位于它更加著名的“兄弟”——乌卢鲁以西 25 英里（约合 40 公里）。事实上，二者是联体双胞胎——它们分别是基岩（译注：bedrock，地球陆地表面疏松物质，即土壤和底土下面的坚硬岩层）以下 4 英里（约合 6 公里）处的一条长而弯曲的砂岩的两端。虽然卡塔丘塔现在方圆只有 8 平方英里（约合 21 平方公里）多，但它的面积曾经要大得多，差不多有十个乌卢鲁大，是砾岩的构成使它在五亿年来倍受侵蚀。当乌卢鲁面向世界，张开双臂时，卡塔丘塔却转向内部，包裹起自己和自己的秘密。

这些岩石充满神秘的气息。据考证，土著部落在一万多年前曾居住于此，与乌卢鲁一样，这里也是重要的“梦幻时代”的遗址。许多土著神话都会涉及到卡塔丘塔，大多都是讲述一条叫作瓦纳比（Wanambi）的大蛇的故事。在雨季，瓦纳比一般会住在奥尔加山（Mount Olga）顶的一个水洞中，水洞东侧石头上嵌刻的黑色线条就是他的胡须。干旱时，他爬到下面的山洞和峡谷中，他的呼吸在岩石的沟壑中形成了穿梭的风。

一些土著仪式依旧在这里举行，许多神话和神圣的活动也只有高级部落首领和岩石自己知道。或许要领略岩石中隐藏的重大秘密，唯一的方式就是来这里听一听瓦纳比蛇神起伏的呼吸所形成的阵阵微风细语吧！

41. 澳大利亚，新南威尔士州

蒙戈湖

人类在蒙戈湖沿岸生活的时间长久得惊人。20 世纪 70 年代，这里发现了一处女子的墓葬，尸体经过火化，并将骨头敲碎后埋入坑中，这是世界上已知的最古老的火葬。在另一处墓葬中，人们还发现了一具未经火化的男子的骨架。他们都是在大约 48,000 年前按土著仪式下葬的，这被公认为是世界上最早的整套宗教信仰的证据。直到今天，蒙戈湖遗址对土著居民还有着神圣的意义。

根据土著神话，蒙戈湖最早是由两个神奇的生物 Bookoomurri（一种貌似恐龙的生物）和大袋鼠形成的。考古学家发现，这片地区的确曾经生活过一种大袋鼠 Procoptodon，体形比现在的袋鼠大一倍多。

在蒙戈湖还是真正的湖（现在已干涸成盆地）时，水下生活着丰富的鱼类和其他生物。这个地区曾居住过两个部落——北部的 Paarintji 和南部的 Paakantji。大约 20,000 年前，这两个部落和平地生活在岸边，直到 12,000 年到 10,000 年前之间，湖水逐渐干涸，这里也就变成了无人荒野。在烈日烤干后的大片土地上，星星点点的沙丘和沙质露石成了蒙戈湖仅有的遗迹。在湖的东北岸，由于风雨侵蚀，沙丘中隆起一些形状奇特的、像平台似的沉积岩，人们称它们为“中国长城”——因早期的中国劳工而得名。

蒙戈湖周边区域的上百个墓地遗址已经被记录，同样入册的还有营火堆、贝丘、采石场、工具制造点，甚至土壤中的脚印等，它们都是过去有部落在这里繁衍生息过的铁证。现在，还有一些人工制品不断被发掘出来，特别是在雨后，收获会更多。毫不夸张地说，蒙戈湖是一座活的考古宝库。

42. 澳大利亚，北部地区

诺尔朗吉岩

在“梦幻时代”，即土著神话中的创世时期，两位精神先祖 Namondjok 和 Namarrgon 一路西行，一边走一边创造着地形地貌，其中从北部地区的阿纳姆高原（Arnhem Plateau）上拔地而起的巨石——诺尔朗吉岩，就是他们创造的。

在至少 20,000 年的时光里，土著居民躲在诺尔朗吉岩的悬岩下和裂缝中躲避风雨、繁衍生息，因此这里也成了最震撼人心的土著宗教艺术的故乡。在峭壁底部被称作“安班刚画廊”（Anbangbang）的地方，保留着许多岩画，其中描绘了“梦幻时代”的神灵（包括 Namondjok 和 Namarrgon）和他们的家庭，还有众多参加部落宗教仪式的人。

传说中，Namondjok 住在天上，而诺尔朗吉岩高处的布朗圭（Burrunggui）上有一块砾石，相传是他头饰上的一根羽毛变成的。来到这里的游客都会收到“尊重圣地”的提醒，否则 Namondjok 神就会将可怕的疾病降到不敬者身上。Namarrgon 的石画是一条代表闪电的线，因为每年侵袭阿纳姆高原的雷电暴雨就是

他带来的。他用头上、脚上和肘上的石斧劈开云层，就有了闪电；声音传播到平原上，就成了雷声。

与其他古老的土著聚居地一样，按照传统习俗，只有土著人才知道诺尔朗吉岩上的岩画代表着什么。虽然诺尔朗吉岩的魅力已经展示给了全世界，但巨石仍保留着许多神圣的秘密。

《我看到的世界和你们不一样》
眭澔平 著

27 年随性之旅，全台湾“最令人羡慕的人生”！
世上最深情的独自漂泊，不可思议的神奇旅行！
CCTV 2、旅游卫视、东方卫视倾力热播！

我的旅行，就像是一种修行。

很多人常常问我：“眭澔平你为什么要旅行呢？有的地方那么辛苦，你做电视主持人或者新闻主播，不是挺好的吗？”

三毛生前曾跟我讲，有机会一定要帮她实现几个梦想，只是没想到，这些话犹然在耳，她就已经走了，这些话变成了我和她的生死之约。

为了实现对她的承诺，二十几年来，我踏遍世界每一个角落，走遍 170 多个国家，看到了一个和大多数人眼中不一样的世界……

去过多少地方并不重要，最重要的是你去那个地方时，怀着怎样的心情以及以怎样的胸襟气度去和当地人相处——这才是最关键的。这也是一个把旅行当修行的行者，最需要做的功课。